LETTRE

A

MADAME DE***

SUR LA PIECE INTITULÉE

LE MEDECIN

PAR OCCASION.

A PARIS,

Chez F. G. MERIGOT, Quay des Augustins, près la rue Gist-le-cœur, aux Armes de France.

M. DCC. XLV.

AVEC APPROBATION.

LETTRE

A
MADAME DE ***,

SUR LA PIECE INTITULEE

LE MEDECIN
PAR OCCASION.

E ne fais fi vous aurez au-
tant de reconnoiſſance que
j'ai ſouffert d'ennui. Je
m'apperçus dernierement du deſir
que vous aviez d'un détail un peu
circonſtancié de la piece qui a
pour titre : *Le Médecin par ccca-*

A ij

fion. J'ai faifi avec un empreffe-
ment peu commun ce moment
pour vous donner des preuves
finceres de mon entiere obéiffan-
ce. Comment reconnoîtrez-vous
le facrifice que je vous ai fait
d'un tems que j'ai employé à
trois repréfentations. La premiere
m'ayant tellement dégoûté, que
je n'ai pû me déterminer à voir les
deux autres que dans l'efpoir de
m'acquitter plus exactement envers vous.

Que vous êtes heureufe d'être
malade ! Vous auriez furement été
la dupe de votre curiofité : au lieu
que fi le détail que vous allez lire
vous fait baailler, vous n'aurez qu'à
abandonner votre tête au chevet,
& vous voilà indemnifée par un
doux fommeil de la lecture d'une
piece qui vous auroit rendue la
victime de la bienféance, & des
égards que l'on doit au Public.

Je ne me suis point attaché aux saillies : je sais que votre philosophie vous a fait renoncer à l'esprit (quoi de plus commun !) pour jurer une obéissance solemnelle aux regles du bon sens ; est-il rien de plus rare ?

J'ai donc pour me conformer à votre goût, étudié l'ordonnance de la piece : comme c'est par la distribution des actes & des scenes qu'on est en droit de juger du discernement de l'ouvrier, & comme l'expression est esclave de l'esprit, & la rime un simple méchanisme , j'ai cru devoir abandonner ces deux dernieres parties qui ont ébloui tant de gens , pour ne m'attacher qu'à la conduite.

Que ce préliminaire ne vous rebute point ; lisez toujours ce détail : il peut vous être utile, ne fûsse que pour vous faire mieux sentir les beautés de Moliere : tout

eſt utile dans le pays des Lettres ,
le bon & le mauvais, ſur-tout pour
les gens qui ont un bon jugement,
& un goût auſſi décidé que le
vôtre.

Depuis que le Théatre François
eſt devenu l'école des Auteurs ,
& que le Public y régente avec
tant de douceur , on ne doit plus
être ſurpris de ce que ce tribunal
eſt innondé de piéces ſi négligemment travaillées. On pourroit
dire encore en quelque façon , que
ce n'eſt plus qu'un théatre d'eſſais.
Les ſuppreſſions , les augmenta-
tions & les autres changemens
que le ſpectateur a la complaiſan-
ce de conſeiller , enhardiſſent les
Auteurs : cette confiance fait entreprendre une piéce, la précipi-
tation la continue , & l'intérêt l'a-
cheve. *Quid non* , &c.

L'Auteur de la piece préſente
eſt un des plus parfaits politiques

qui fût jamais dans la République
des Lettres. Peu affamé de la
gloire, qu'il ne regarde sans doute
que comme une fumée propre à
étourdir ceux qui la hument, il se
conforme au goût du siécle : il pe-
tille, il éblouit : ses éclairs pro-
duisent : en faut-il davantage ? &
n'est-il pas plus prudent de mourir après sa mort, que de mourir,
pour ainsi dire, pendant sa vie ?
On veut des saillies, il en donne.
Le cœur ne veut plus s'intéresser,
il est tombé dans une espéce de
paralysie, qui le rend insuscepti-
ble de sentiment ; aussi ne l'atta-
que-t-il point, & quoiqu'il fasse
dire au héros de sa piece, qu'il est
le Médecin de l'esprit & du cœur,
il me permettra de répondre qu'il
est comme ceux du corps ; qu'il
fait beaucoup plus de mal que de
bien au premier, & que les remedes qu'il donne pour le dernier,

n'ont aucune vertu. Vous préfer-
ve le Ciel d'en avoir un ſembla-
ble ; je craindrois, & ce ne ſeroit
pas ſans raiſon, de vous trouver
dans le cercueil, ſans être payé
de la peine que je prends aujour-
d'hui pour vous. Car, ne vous y
trompez pas, je ne ſuis point généreux, & j'entends tirer toujours
quelque ſalaire de tout ce que je
fais pour une femme auſſi aimable que vous.

On aime le léger, le métaphy-
ſique ; on ne ſouffre plus que le
haché, & telle période qui renfer-
meroit une penſée ſolide feroit
baailler, ſi elle occupoit une ligne
entiere : écueil qu'il évite avec
ſoin. La légereté de ſon ſtile (on
ne peut en diſconvenir) lui eſt na-
turelle, il a la charmante ſatisfa-
ction de n'avoir pas beſoin de la
lime ni de l'éponge ; la nature lui
a *legué*, quoiqu'en diſent *les* pandou-

res *littéraires*, un génie *vif* & petil-
lant qui féduit d'abord.

On fait tout ce qu'on veut, *on
eſt tout ce qu'on veut quand on a de
l'eſprit*, dit l'Auteur de la piece.
Convenez-vous de la vérité de
cette propoſition, & auriez-vous,
Madame, aſſez d'eſprit pour la
croire vraie? Si j'avois lieu de me
plaindre de vous, je ferois aſſez
vindicatif pour vous fouhaiter ce
bonheur. Pour moi je la trouve
fauſſe, & je crois que quand on a
de l'eſprit comme on veut l'avoir
dans ce ſiecle, on n'a pas beaucoup de bon ſens.

Le poëme drammatique étoit
jadis comme les autres genres de
littérature établi ſur des regles in-
violables, que le jugement raſſis
de nos ancêtres avoit preſcrites.
Mais l'eſprit d'aujourd'hui qui a
uſurpé l'empire du ſens commun
ne voulant pas ſe plier à ces loix,

lés a abrogées. Les trois unités
étoient autrefois les garans de la
justesse de l'Auteur : l'exposition
qui faisoit l'appanage du premier
acte intéressoit le cœur des specta-
teurs au nœud qui composoit les
trois actes suivans. Le dénouement
fermoit la piéce , il satisfaisoit
sa curiosité , & rien ne languissoit
alors dans le poëme. Toutes les
scenes sortoient du sujet , elles ve-
noient prendre leur place , & l'on
sortoit du spectacle instruit &
amusé. De quelque brillant que
l'épisode fut parée , elle étoit tout
au plus tolérée , souvent même
chassée ignominieusement. Cette
louable délicatesse imposoit aux
Auteurs la dure nécessité de faire
choix de sujets intéressans , & d'ap-
porter une attention scrupuleuse
à la construction des canevas ; ou
si l'on mettoit un sujet de fiction
on suivoit à la lettre la loi qu'im-

pose Horace, *Aut fabulam seque-*
re, aut sibi convenientia finge.

On approchoit les scenes l'une
de l'autre ; on les séparoit ensuite,
on examinoit leur intimité, de
même qu'un Peintre s'attache d'a-
bord à faire le corps en gros, &
travaille, touche, retouche en
particulier les membres ; afin que
rapprochés au tronc, ils forment
un ensemble frappant & parfait.
Corneille, cet admirable drammatique si vanté, & si peu imité,
comptoit pour rien le remplissage,
lorsqu'il avoit son canevas en ré-
gle. La versification ne l'étonnoit
point ; il n'ignoroit pas que l'esprit se laisse facilement éblouir,
mais que le cœur n'est mis en mouvement que par l'action & les heu-
reuses situations. Il savoit qu'un
vers foible, pourvû qu'il soit har-
monieux, séduisoit le spectateur
de son tems, ordinairement plus

(12)

attentif à la conduite qu'à l'expref-
fion.

L'Auteur du Médecin par oc-
cafions eft diftingué plufieurs fois
par fon défordre éblouiffant. Fai-
fons l'anatomie de la piece, &
voyons quel peut être le fonde-
ment de l'apologie outrée qu'on
en fait.

*La fcene eft dans une maifon de
campagne en Champagne.*

Merlin valet de Monval, gen-
tilhomme qui n'a pour tout bien
que la cape & l'épée, ouvre fous
les habits de Colporteur la fcene
avec Lifette. Celle-ci furprife de
trouver un inconnu dans le falon,
lui demande ce qu'il veut ; elle
reconnoît à fa réponfe la voix de
Merlin : fon étonnement n'eft pas
des plus grands quoiqu'elle le
croye chez les morts depuis fix
mois.

mois. Ils entament la converfa-
tion, elle demande des nouvelles
de Monval, Merlin affure qu'il
a été tué, que ce n'eft que fa
mort qui l'a déterminé à quitter
les armes pour fe jetter dans la
littérature, fon maître lui ayant
legué fon génie en dépit des pan-
doures; ce badinage eft fin quoiqu'épifodique, au legs près. Cette
pointe eft émouffée, & ne porte
point de feu dans l'efprit du fpe-
ctateur. Lifette après ce dialogue
veut fe retirer, le Baron qui eft un
Métromane, arrive, & demande
ce que veut cet étranger, Merlin
préfente le recueil des piéces qui
ont été faites fur la Convalefcence
du Roi : tout cet acte n'eft foute-
nu que par une critique de vers
qui ont été faits. Elle eft d'autant
plus fade & ennuyeufe, qu'on en
a été rebatu pendant plus de trois
mois ; ce n'eft qu'aux extravagan-

B

ces du métromane qu'on eſt rede-
vable de ce flux de ſaillies ſatiri-
ques ; mais comme l'acte n'occu-
peroit point aſſez de tems, l'Auteur a jugé à propos de mettre un
menſonge dans la bouche du valet. Ne répandez point de pleurs,
Madame ; je ſais que vous êtes
tendre, vous commenciez déja à
vous affliger de la mort de Monval, Merlin va vous conſoler. Il
a un ſcrupule de conſcience, par-
ce qu'il eſt néceſſaire pour le ſou-
tien de la piece. Il retient Liſette
pour lui dire que Monval dont on
a cru la mort, étoit en parfaite
ſanté, qu'il a fait lui-même répan-
dre le bruit de ſon trépas pour
éprouver les ſentimens de Lucile.

Que penſez-vous, Madame, de
cette épreuve ; convenez avec
moi, que vous l'auriez fait la dupe
de cette ſupercherie, ſur-tout s'il

avoit employé cette fausseté après quatre ans d'absence. Je vous avoue ingénuement que si après avoir été privé de vous un si long-tems, j'apprenois votre mort, je tâcherois après m'être acquitté de tous les devoirs, de puiser quelque consolation dans le cœur d'une autre, & que vous me trouveriez trépassé pour vous, quand bien même vous ressusciteriez pour moi. L'Auteur cependant qui est d'une constance à toute épreuve, rend Monval assez heureux, pour qu'il trouve sa chere Lucile fidelle; je le veux, je ne m'y oppose point : mais qu'une fidélité semblable est peu commune !

Merlin ne s'étant déguisé que pour mieux reconnoître le fort, & disposer ses attaques de façon à l'emporter d'emblée, s'informe à Lisette de toutes les affaires de

la maiſon ; on lui rend un compte
auſſi exact que ſi il étoit le chef
du ménage abſent depuis long-
tems, & nouvellement arrivé, on
lui apprend que le Baron, depuis
la perte de tous ſes procès, eſt
devenu inacceſſible ; mais qu'il
reprendra bientôt ſon caractére
liant à la vûe de Cléon ſon ami,
qui doit inceſſamment arriver.
Merlin reçoit cet avis en homme
qui connoît parfaitement cet ami
ſi généreux & ſi déſiré. Vous verrez, Madame, à la fin du ſecond
Acte, que Monval ne le connoît
point, ce qui n'eſt pas vraiſemblable, puiſqu'il paroît que Merlin
lui eſt attaché depuis ſon départ
pour le ſervice ; mais cette faute
étoit abſolument néceſſaire pour
prolonger l'Acte qui finit après
que Merlin & Liſette ont décidé, que pour introduire Monval
dans la maiſon, il faut le décorer
du titre de Médecin.   Je

Je fais une réflexion, Madame; je demande à l'Auteur où Monval a fait connoiſſance de Lucile; comment l'a-t'il entretenue; je lui demande encore pourquoi cet Amant ſi cheri a beſoin de recourir à ce déguiſement pour s'introduire chez elle. Les parens l'ont-ils traverſé, l'expoſition n'en dit rien. Sur-quoi donc le Spectateur peut-il aſſeoir l'intérêt qu'il doit prendre ? L'Auteur ne répond point; ſon ſilence ne me donne-t'il pas le droit de dire que l'expoſition, loin de jetter une certaine lumiere ſur le reſte de la Piece, l'enveloppe de nuages épais qui la rendent inintelligible & ſans nœud.

Ma crainte ſe renouvelle, & ce n'eſt pas ſans raiſon, comment ne vous ennuieriez - vous point ? Vous allez entrer dans un hôpital rempli d'hipocondriaques. Le Ba-

B

ron pere de Lucile eſt un plaideur
déſeſpéré , qui vient d'eſſuyer la
perte de tant de procès , qu'il eſt
devenu à charge à lui-même. Il
a cependant encore aſſez de bon
ſens , pour ſe ſéqueſtrer dans un
appartement , de peur d'ennuyer
les autres ; mais pour s'indamniſer
de ſon inſociabilité , il prend la
route du Parnaſſe , pour converſer
avec les Muſes. Lucile ſa fille eſt
tombée dans une langueur mor-
telle ; la perte de ſon amant la rend
inconſolable : la Marquiſe ſa tante
qui a une toux légere , eſt en per-
ſonne de ſon ſexe mélancolique
par compagnie. Cette perſpective
ne fait elle pas un point de vûe
charmant ſur le Théatre François ?

Comment , je ſuis ſurpris , Madame ; votre fermeté m'étonne ,
ou , pour mieux dire , votre inſom-
nie eſt incurable. Le Médecin

Pruſſien qui eſt un autre Eſculape, vous a envoyé le ſoporatif le plus ſpécifique que je connoiſſe, & vous veillez encore ? La doſe que vous venez de prendre ne vous jette point dans les bras du ſommeil ? Et vous vous ſentez, dites-vous, aſſez de hardieſſe pour en prendre une ſeconde ; quelle aimable malade, & que vous avez de charmes pour la ſalubre faculté ! Eh bien, j'y conſens, voici le ſecond acte, voyons ſi vous réſiſterez à ſes effets.

Le ſecond acte inſtruit Monval du rôle qu'il a à ſoutenir : de Militaire, il devient Médecin Pruſſien. Liſette & Merlin (vous venez de le voir) lui ont donné ſa licence ; vous aurez lieu de connoître bientôt qu'il n'en a jamais eu d'autre. La Marquiſe vient ſur la ſcene, lui confie ſa ſanté, & pour lui donner une preuve non équivoque de l'efpoir qu'elle a en fes fecrets merveilleux, quoiqu'elle l'ait à fon abord trouvé bien jeune, & que Lifette lui ait répondu par une faillie émouffée qu'il *en eft plus couru* ; elle le prie d'entreprendre la curē de fa chere Lucile. Madame la Marquife, fauf le refpeɛt que je lui dois, prend pour la confultation des précautions très-indécentes ; elle veut, dit-elle, être fans témoins : l'Efculape nouveau fait fortir Lifette & Merlin.

N'allez pas, Madame, vous repréfenter dans la Marquife une perfonne qui doive craindre de faire l'aveu de fes infirmités à un Médecin dont elle réclame le fecours. Elle n'a que la migraine, une toux légere, beaucoup de mélancolie, & des flétriffures de cœur, dont le récit affadit celui de tous les Speɛtateurs.

Le Medecin ne perd point contenance , il conſerve encore ce caractère gratieux , badin & délicat d'un veritable militaire. Il ordonne le bal , la Comedie , la promenade , toutes les occupations en un mot de votre ſexe. Cette ſcéne , il faut en convenir , eſt ſoutenue de beaucoup de ſaillies ; clinquant qui empêche en éblouiſſant de voir le vuide qu'il maſque. En un mot toute la recette de l'Hipocrate comique ſe réduit à ne point épuiſer les plaiſirs , mais à les effleurer tous. *N'en épuiſés aucun , mais effleurez-les tous* , maxime que l'Auteur a parfaitement pratiquée lui-même dans la compoſition de ſa piéce ; & nous avons tout lieu de préſumer qu'il a entrepris ſon ſujet avec plaiſir , puiſqu'il ne l'a qu'éfleuré.

La Marquiſe charmée d'une ordonnance qui ne contient rien

qui approche du dégoutant insé-
parable des remedes même les
plus simples, recommande le Baron son frere à ses soins. Elle lui
fait le rapport de la maniere dont
il est agité, le Medecin la con-
sole en lui disant que ce mal n'est
pas mortel. Il en est une preuve
incontestable puisqu'il en est lui-
même attaqué, (vous le verrez
dans la suite) & qu'il vit encore.

La Marquise entousiasmée d'un
homme si divin, vuide la scéne pour
faire place à Lisette. Le Medecin
qui desire ardemment de voir Lucile sa malade & sa maitresse, ne
neglige rien pour la déterminer à
l'introduire chés elle; elle resiste;
mais enfin elle cede a cette saillie,
l'Amant sera caché sous les traits
d'Esculape.

Je ne sçai si cette pointe s'est
présentée dans un faux jour, quoiqu'il en soit, il me semble qu'on

ne fe déguife point fous les traits
des autres. On ne peut point les
emprunter. D'ailleurs, comment
auroit - il pû fe cacher fous les
traits du Dieu de la Medecine en
fe préfentant denué des attributs
de ce Dieu, & habillé auffi ca-
valierement que notre jeune Medecin ? On peut fe cacher fous les
habits d'un autre, mais fous les
traits, c'eft ce dont je ne puis
convenir. Cependant je ne deci-
de pas, je renvoye ce jugement à
votre tribunal, bien réfigné à payer
l'amende & à faire la réparation
que vous jugerez, fi votre arrêt
me condamne.

Lifette enfin touchée de l'em-
preffement du Docteur, l'introduit
dans l'appartement de Lucile, &
l'acte finit.

Vos paupieres s'affaiffent, vos
bras tombent fur le chevet, Mor-
phée a verfé fes pavots fur la do-

se que vous avez prise. Ce second acte a eu tout l'effet que j'en attendois, dormez, Madame, payez-vous du sacrifice que vous venez de faire, je ne vous accorde que le tems de l'intermede.

_ Allons, Madame, éveillez-vous, étendez vos bras, frotez vos yeux, ouvrez-les, vous n'avez jamais rien vû de si beau, que ce que je vais vous présenter : l'acte commence, la Marquise est en mouvement ; toujours empressée pour le rétablissement de toute la famille, elle vole sur la scéne, elle ne néglige rien ; est-il nécessaire pour avancer la guérison de ces chers malades de demander le nom de Merlin & de son Maître ? Elle le fait, & c'est par où commence le troisiéme acte ; en effet quelle pouvoit en être l'ouverture ; Merlin est complaisant, il cherche dans sa cervelle des noms

Pruffiens,

Prussiens , il donne à son Maître celui de Browns : la Marquise le salue sous ce nom , sa surprise lorsqu'il s'entend ainsi nommer , forme un coup de Théatre merveilleux , il se remet cependant.

Vous croyez avec moi, Madame, que cet amant vient de quitter les genoux de sa Maitresse , point du tout, la scéne du portrait, qu'on va donner , vaut bien une irrégularité de cette espece ; il faut pour la ménager , que le Medecin & Lisette ayent refléchi qu'il étoit à propos de préparer Lucile à voir un Hipocrate si capable de la surprendre ; c'est aussi une nécessité qu'il en fait à la Marquise, lorsqu'elle le presse de voir sa niéce.

Lisette vient enfin, porte pour nouvelle que Lucile est déterminée à voir Mr. le Docteur dans le Salon , la Marquise la reçoit avec une joie indicible, elle veut s'y trouver ; mais non, les précautions ordinaires de l'Auteur baniffent tout témoin, quel qu'il foit : Lucile veut être feule pour faire l'ouverture de fa maladie. Ne la croyez pas fufpecte, Madame, & foyons plus indulgent, que l'Auteur n'à été prudent ; la Marquife confent à fa retraite, Lucile enfin vient travailler au portait de fon amant, qui fe cache derriere l'atelier ; ici elle déclare ouvertement tous fes fentimens ; le bruit de fa mort autorife l'effufion de fon cœur, elle fe livre à tous les tranfports d'une amante défolée, elle veut embraffer cette charmante copie ; mais Lifette, foubrête commode enleve l'âtelier pour lui préfenter l'original ; cette fcéne feroit belle fi elle eût été bien œconomifée ; on ne doit point infifter long-temps fur des fituations pareilles.

Monval eſt à genoux , Lucile revient de ſa ſurpriſe ; la pudeur, loin de la faire rougir de la déclaration peu méſurée, qu'elle vient de faire, n'a au contraire aucun pouvoir ſur elle; ces tranſports redoublent à ce point , que l'amant reſte muet & comme interdit d'une tendreſſe , qui n'a point les bornes de la bienſéance.

Ce coup de théatre (l'Auteur devoit le preſſentir) ne pouvoit que languir, ou n'être point dans le vrai.

Ce tableau vous rappellera ſans doute, Madame, celui de Radhgezilde, hiſtoire Polonoiſe : nous avons aſſez ſouvent parlé de la conſtance de cette malheureuſe Princeſſe, l'avanture du tableau , qui eſt la même dans la piéce d'aujourd'hui la fit monter ſur le Trône.

J'admire l'adreſſe de l'Auteur.

Il faut en avoir pour placer si heu-
reusement cette avanture ; mais
je ne suis pas moins frappé de
l'indulgence du public , qui baail-
le pendant quatre actes , pour
jouïr de cette scéne ; croyez-vous,
Madame , qu'elle soit acheptée
en conscience , ce qu'elle vaut ?
Il n'y a plus de justice dans la
république des lettres. On pille ,
on vôle , on porte sa feaux dans
les moiffons étrangeres : point de
punition à craindre : ces larcins
font encensés , loin d'être punis ;
& comme dit l'Auteur. *Eh ! qui
brille aujourd'hui de sa propre clar-
té ? Tout trompe , tout est guay sous
la plume du Paon.* L'impunité de
ce crime , qui paroît au grand
jour , & qui reçoit les hommages
au préjudice du véritable mérite
placé sur la double cime , tel
qui peut être , est encore couvert
sous les fables du sacré Vallon.

Combien d'Auteurs , dont on méprife la mémoire, feroient en droit de revendiquer les vols, qui leur ont été faits par les tirans de leur gloire ? *Hos ego verficulos feci ; tulit alter honores.*

Sic vos non vobis.
Sic vos non vobis.
Sic vos non vobis.
Sic vos non vobis.

Je me fouviens , Madame, que j'ai témérairement avancé , que cette piéce n'étoit que du reffort de l'efprit ; mais je fuis jufte, je dois une réparation à l'Auteur : qui reconnoît fa faute & l'avouë , merite d'en être abfous. La fcéne qui fuit , eft entiérement de la jurifdiction des fens : vous devez m'en croire fur ma parole, lorf-que Mr. Browms perfuade à Lucile, qu'il eft à propos pour leurs intérêts communs de diſſimuler encore quelque temps la guériſon. Merlin vient annoncer que Cléon, ce vieillard , attendu depuis ſi long-temps , va paroître ; Lucile ſe jette ſur un Fauteüeil , & ſup-poſe un ſommeil profond , pro-duit par un Elixir.

Ce tableau eſt riant , il fait ſur moi des effets d'autant plus mer-veilleux , que je les éprouve très rarement : je vous en envois l'é-bauche : ſi vous pouviez changer votre ſéxe , vous ne pourriez ré-ſiſter aux vives impreſſions qu'il feroit ſur vous.

Lucile eſt Mademoiſelle Gauſ-ſein, cette charmante Actrice : elle eſt négligemment couchée ſur un fauteüil ; ſes bras nuds armés de deux Braſſelets noirs préſentent aux yeux un blanc de neige , qui les éblouit : ces yeux, ces deux Soleils , qui ont embrazé tous les

cœurs , font couverts d'une pau-
piere blanche , fine & liffée , qui
décrit la régularité de l'orbite ;
L'amour femble s'y être caché ;
un je ne fçai quoi tendre , doux
& touchant eft répandu fur l'é-
mail de fon teint. Une Croix de
diamans , où les rayons tremblans
des illuminations vont fe brifer ,
les réfléchit , ils vont fillonner
légerement , & nuancer fon ver-
millon. Que de jeunes aurores ont
profité des feux qu'elle a allu-
més dans les thitons, qui n'avoient
point dégelé depuis un luftre !
Cléon lui-même , qui la furprend
dans fon fommeil fe fent devoré
d'un feu , qu'il ne peut contenir ,
la Marquife enfin arrive , & dif-
ferte avec Cléon & Mr. Browms
fur ces heureux événemens. La
Marquife admire le fçavoir de fon
Efculape , elle attend le reveil im-
patiamment, elle le demande avec

inſtance ; le Medecin ſe rend , il touche le petit doigt ; Lucile s'éveille, l'acte eſt fermé par la promeſſe que le Medecin fait de guérir le Métromane.

Croyez - vous, Madame, que l'on feroit une injuſtice à l'Auteur, ſi l'on diſoit , que la Chercheuſe d'eſprit eſt en droit de réclamer cette ſcéne ? & ſi l'affaire étoit portée à notre tribunal , ne croirions-nous pas violer les loix les plus ſacrées, ſi nous ne condamnions l'Auteur à la reſtitution, & avec d'autant plus de raiſon même , que cette ſcéne eſt peu faite pour un Théatre auſſi épuré.

Employons le temps de cet interméde à demander à l'Auteur, s'il eſt bien vrai-ſemblable , que la Marquiſe, qui ſçait que ſa niéce aime la peinture, n'ait point découvert , ou ſurpris Lucile tra-

vaillant à ce portrait ; il eſt commencé depuis huit jours , & s'il
eſt tombé ſous ſes yeux, comme
il n'y a point lieu d'en douter ;
peut-on croire, qu'elle n'a pas eû
la ſage prévoyance de demander
à ſa niéce, qu'elle ne quitte point,
pour ainſi dire, qui eſt l'original
de cette copie ? tout la portoit à
s'en informer ; Lucile tombée en
langueur , Lucile fondante en
pleurs , Lucile enfin le pinceau
à la main , faiſant le portrait d'un
jeune homme ; quoi ! toutes ces
circonſtances raſſemblées n'ont
point fait naître dans l'eſprit de la
Marquiſe le moindre ſoupçon ?
mais le Métromane arrive avec
une brochure ; Ceſſons cette diſ-
cuſſion ; l'Auteur n'a point de ré-
ponſe ; le quatriéme acte commence ; voyons-le.

Le Baron ouvre la ſcéne avec
ſa brochure. Toute ſa critique ;

n'est qu'une repetition du premier acte, à cette difference près, qu'il fait plus d'extravagances , & que le nuage de poudre est beaucoup plus épais.

M.r Browns entre avec Merlin, & jouë une scéne aussi muette, que toute la piéce.

Merlin sort pour faire place à Lisette, qui vient annoncer M.r le Docteur. On répand des satires sur les Médecins aussi ridées , qu'une vieille de quatre-vingt ans; mais enfin on le fait passer pour Poëte & pour étranger , ces deux titres mettent le calme dans le cerveau du Maniaque, il arrange sa perruque qui vient d'essuyer mille tortures inutiles ; ils engagent la conversation ; le Métromane est guéri par un secret, qui n'est pas même ignoré des gens de la lie. M.r le Médecin a fait de la prose rimée à la louange du Roi , il en fait préſent à ſon malade , il lui ordonne de ſe donner pour Auteur de cette Piece , infiniment inferieure à celles qu'il vient de proſcrire , on ordonne avec confiance un remede , qu'on a expérimenté. Nous avons trouvé dans le troiſiéme acte , que l'Auteur a pratiqué heureuſement cette méthode ; ne ſoyons donc plus ſurpris de ce qu'il la met en uſage, envers le Métromane.

Le malade purgé de tout ſon chagrin noir, tranſporté de joie , vôle au-devant de la Marquiſe ſa ſœur ; il lui apprend le prodige qui vient d'arriver ; Cléon ſe préſente & fait la demande de Lucile , qui affecte de ſe trouver mal ; Cléon eſt chaſſé pour ainſi dire, par Mr. Browins , & vuide la ſcéne ; l'Amant & l'Amante ſe font beaucoup de proteſtations ; c'eſt ici , à proprement parler , que com-

mence le nœud d'une Piéce nouvelle ; celle - ci eſt finie ; toutes
les cures ſont faites ; Mr. Browms
peut partir pour Berlin ; mais le
cinquiéme acte l'arrête ; voyons
par quel hazard.

Allons, Madame, courage, ne
vous rebutez point , je vous ai
engagée dans un l'abirinthe, nous
n'avons point d'Ariane , qui nous
donne le fil ; n'importe, tâchons
d'en ſortir.

Comme cet Acte eſt entierement détaché des quatre premiers,
& qu'il forme en lui ſeul une piéce, on y a fait des changemens,
qui n'ont point mis l'Auteur dans
la néceſſité de paſſer l'éponge ſur
les autres. La demande que Cléon
a fait intrigue les deux Amans :
ce n'eſt point ſans raiſon ; car il
a le conſentement du Baron & de
la Marquiſe. Lucile , qui dans
les deux premieres repréſentations

véritablement paſſionnée pour Monval, s'étoit chargée de faire réuſſir le mariage, avoit aſſez de front pour venir manier le cœur de Cléon. En fille bien inſtruite, elle mettoit à profit la foibleſſe du bon vieillard, qui ſe déterminoit enfin à renoncer à ſon mariage, pour la laiſſer toute à ſon amant; aujourd'hui ce n'eſt plus cela, un reſte de pudeur la ramene à ſon devoir, ſon front s'eſt retréci; ſes feux ſe ſont concentrés; elle laiſ-ſe ce ſoin au médecin ſon amant. Celui-ci, pour obtenir ce qu'il veut, dit au vieillard en termes poliment ménagés, qu'à ſon âge on eſt dangereuſement malade, lorſqu'on ſe trouve aſſez de ſan-té, pour épouſer une jeune fille; Cléon, après quelques inſtances, voit bien qu'il n'y a que ſa com-plaiſance qui puiſſe emmener le dénouement; non-ſeulement il renonce à son mariage ; mais encore il donne tous ses biens : excès de générosité, qui n'est pas commun aux gens, qui comme lui courbés sous le poids des années, ont assez d'avidité pour aller chercher des richesses dans le nouveau monde.

Peut-être vous croyez-vous à la fin de la Piéce ; détrompez-vous, Madame, on tombe dans Scylla après avoir évité Caribde ; un nouvel incident vient encore troubler un bonheur que les deux Amans croyoient assuré. Une Comtesse échappée de quelque château délâbré de la Champagne vient pour enlever le Médecin ; il a charmé toutes les femmes de ce pays : tant de mérite, comme l'on dit, est quelquefois à charge ; nous avons le malheur de l'éprouver : plût au ciel, qu'il en eût moins pour les Champenoises ; nous lui en trouverions plus fur la Scéne Françoife. La Comteffe lui offre une Veuve puiffamment riche ; la Marquife vient porter cette affli- geante nouvelle à la petite Lucile, cette pauvre enfant, qui déjà pour ainfi dire, fe croyoit dans le lit nuptial ; Lifette paroît affligée de cette cataftrophe ; Lucile concer- te avec fa tante tous les moyens pour rompre les mefures de la Comteffe, & dit : *Vient-on dans les maifons pour enlever les gens ?*

En effet n'a-t'elle pas raifon, que vient faire cette femme, qui a le don de nous ennuyer fans pa- roître ? quelque démon l'obféde, fans doute, pourquoi vient-elle fufpendre la confommation d'un mariage, que toutes les fituations préfentes nous font foupçonner commencé ? Un mariage enfin, auquel elle avoit fçû fi bien nous intéreffer. Lifette confeille à la

tante de s'attacher M.r. Browms
par des liens indiſſolubles ; celle-
ci , dont le tempérament ſe ré-
veille, goute cette propoſition, &
veut par un trait de généroſité ſe
ſacrifier pour la ſanté commune,
Liſette la voyant dans ce deſſein
ſe félicite du ſuccès de ſa com-
miſſion ; elle court en porter la
nouvelle à ſa chere maitreſſe ; la
Marquiſe fait un long monologue,
d'autant plus ennuyeux, qu'elle
fait la revûe de tous ſes charmes
ſurannés,

Ne me demandez point, Ma-
dame, ſi la Marquiſe eſt fille ou
veuve ; je vous jure que je n'en
ſçai-rien ; mais il paroît que ſi elle
a vêçû dans le célibat, elle a dans
le Soliloque un retour qui la
fait extravaguer ; ou que ſi elle
eſt dans la viduité, elle brûle ſu-
bitement d'un déſir éfréné de ré-
parer le tems qu'elle a ſans doute

te forcément confacré à la mémoire du défunt.

Le *qui-pro-quo*, vous le voyez,
eſt entierement déplacé. Eſt-il
d'ailleurs vraiſemblable que dans
vingt-quatre heures, la réputa-
tion de M_r. Browms ſe ſoit ſi bien
établie, qu'on vienne de toutes
parts ſe jetter à ſa tête pour l'é-
pouſer ; mais je le vois venir ſur
la ſcéne ; il aborde la Marquiſe,
il lui parle de l'établiſſement que
la Comteſſe lui a propoſé. Il té-
moigne n'être point ſenſible à cet
honneur.

Le *qui-pro-quo* n'eſt pas ména-
gé avec art ; puiſque M_r. Browms
aſſure qu'il lui ſeroit impoſſible
d'abandonner Lucile ſa niéce :
L'Auteur a ſans doute penſé que
la fureur utérine dont la Marquiſe
eſt agitée, l'étourdiroit ſur ce diſ-
cours ; puiſqu'elle eſt toujours
dans l'erreur, & qu'elle ſe retire

pour aller parler à son frere de cet établissement. M^r. Browms est aussi la dupe de l'échange, sensible à l'empressement de la Marquise, il fait, pour lui en témoigner sa reconnoissance , tomber avec lui toute la faculté à ses genoux. (*Voyez à vos genoux tomber la faculté*,) cette saillie tient trop du bas comique , pour mériter dans la bouche de l'Amant tous les applaudissemens dont le public Coiffinien l'a honorée.

Le Baron qui vient d'être instruit de tout ce qui se passe, vole sur la Scéne avec des transports d'allégresse pour embrasser son beau-frere ; ce titre ne convient point à M^r. Browms , il n'aspire qu'a celui de gendre, il l'obtient par la médiation de Cléon , cet ami généreux ; la Marquise , qui dans les premieres représentations venoit sur la Scéne rougir de sa bévûe ; a été éxilée pendant quelque jours dans son apparte-ment ; cette femme est d'un ca-ractére non-seulement indéfini , mais encore indéfinissable ; on a lieu de présumer , que l'Auteur ne le connoît point. Comme le Spectateur ignoroit son sort, on lui a permis de venir l'en instrui-re, & la Piéce finit (le dirai-je) sans avoir commencé.

Votre très-humble serviteur, &c.

F I N.

Lû & approuvé ce 30. Mars 1745. CREBILLON.

Vû l'Approbation du Sieur Cré-billon , permis d'Imprimer ce 31. Mars 1745. MARVILLE.